Rimas y Risas

Veo, veo. ¿Qué veo?
Cuento de nunca acabar

por
Lada Josefa Kratky

ilustrado por
Lane Yerkes

HAMPTON-BROWN BOOKS
FOR BILINGUAL EDUCATION

Quien sabe dos lenguas vale por dos.®

Hampton-Brown Books
P.O. Box 223220
Carmel, California 93922

Printed in the United States of America

ISBN 1-56334-082-8

95 96 97 98 0 9 8 7 6 5 4

Cinco niñitos van de paseo,
van de paseo, van de paseo.
Cinco niñitos van de paseo,
y uno dice: —¿Qué veo?

3

—Son las orejas de un dragón
—dice el niño llamado Ramón—.
¡Son las orejas de un dragón!

4

—¡Corre, corre, corre,
que te alcanza!

Cuatro niñitos van de paseo,
van de paseo, van de paseo.
Cuatro niñitos van de paseo,
y uno dice: —¿Qué veo?

—Es el pico
de un dinosaurio
—dice la niña
llamada Rosario—.
¡Es el pico
de un dinosaurio!
¡Corre, corre, corre,
que te alcanza!

7

Tres niñitos van de paseo,
van de paseo, van de paseo.
Tres niñitos van de paseo,
y uno dice: —¿Qué veo?

—Son los ojos
de un cocodrilo
—dice el niño
llamado Camilo—.
¡Son los ojos
de un cocodrilo!
¡Corre, corre, corre,
que te alcanza!

Dos niñitos van de paseo,
van de paseo, van de paseo.
Dos niñitos van de paseo,
y uno dice: —¿Qué veo?

10

—Es la cola
de una iguana
—dice la niña
llamada Juana—.
¡Es la cola
de una iguana!
¡Corre, corre, corre,
que te alcanza!

Una niñita va de paseo,
va de paseo, va de paseo.
Una niñita va de paseo,

y de repente grita:
—¿QUÉ VEO?

13

—¡Son pájaros todos!
¡Tucanes, papagayos,
cotorras, guacamayos!
Eso es lo que veo, veo, veo.

15

Cinco niñitos van de paseo,
van de paseo, van de paseo.
Cinco niñitos van de paseo,
y . . .